句集

夕顔

yūgao

Miyadera Taeko

宮寺妙子

東京四季出版

まえがき

この度、宮寺さんが、八十路を記念に、句集を上梓することとなった。

宮寺さんとは、平成十四年の俳句教室で、初めてお会いしてからである。宮寺さんは大変律儀な温厚な人柄で、俳句仲間からも尊敬されていた。この度の句集上梓の話を聞いた時は、大変うれしく即賛成申し上げた。

句稿も見せていただき、そのしっかりとした句柄には、いい句集ができると思った。

ここのところ宮寺さんは、ご主人の他界という悲しみに出会い、また宮寺さん自身の大腿骨折という事故にも遭い、苦しい生活を送られた。そんな中で、八十路の生活を活字に残したいと思い立たれた。

宮寺さんの生き生きとした生活心情はすばらしい。この句集の上梓をともどもに喜んでお祝い申し上げ、まえがきとさせていただきます。

平成二十八年六月

柴崎左田男

夕顔＊目次

装　幀
shiki room

句集

夕顔

二〇〇三年——二〇〇六年

二〇〇三年

啓蟄や靴紐固く締め直す

まだまだと励む足腰秋時雨

柿熟れて啄む鳥のぬればば色

水仙の香りの中の日射しかな

二〇〇四年

辿り来て見下ろす街や春麗ら

根津躑躅歴史を語る嫗かな

姿見に亡母の座が見ゆ半夏生

秋口の風が撫でゆく文机

秋時雨頁重たき書に向かふ

音もなく残菊に雨来りけり

服喪中年賀のポスト寒かりし

小春日や母と語りて墓洗ふ

二〇〇五年

初東風や鎌倉宮の鳩騒ぐ

童唄思はず出でて四温かな

立春の日が解れをり老の背

春の日に抱かれてゐる水子墓

図書館の坂を登るや春霞

竹の子の生れ支度や土を盛る

ムスカリの淡紫に出揃ひし

葉桜となりて静けき隅田川

猫の目も若葉で染まる雨上がり

蛍袋雨をふくみて主を待つ

今朝の雨土の香満ちて麦の秋

竹亭のせせらぎが呼ぶ薄暑光

武蔵野の青の茂みに深呼吸

遠近に老鶯啼き交ふ鎌倉路

紫陽花の坂の向かふに海光る

凌霄花降りて少女の髪飾る

月下美人七つ咲きたる夫の喜寿

能登の海入日たつぷり秋茜

千里凪秋潮にひたる競走馬

畳替へ古びし部屋に秋日濃し

山茶花や箒やさしくしなやかに

ショベルカーの音けたたまし十二月

鉄塔に二声高き初鴉

薺粥ほろにがき過去嚙みしむる

如月のニコライ堂に光満つ

しのばずの池

風渡る水面に矢折れの枯蓮

川べりの花に乗り越す一区間

錠剤を数ふ掌春近し

二〇〇六年

小綬鶏に誘はれ芽吹きの丘をゆく

山椒魚食事時なり目が走る

山椒魚縄文の錆をまとひゐし

春の園巨象は糞を鼻で持ち

大樹立つ小径のすそにすみれ草

漆黒の魂ゆれる蝌蚪の群

早春の小谷戸の丘や雪の富士
梨咲いて小谷戸の里を開きけり

立ち寄りし社の雅楽余花降りぬ

紫陽花の鎌倉道や傘の波

しなやかに風受けとむる白牡丹

楷の木の繁みの蔭に孔子像

茄子苗にくるりころりと団子虫

夕顔の白を極めて風を呼ぶ

日照雨きて夕顔の襞を解き開く

万緑や言葉を増やす幼き子

風鈴の廊下くぐりて抹茶席

爽やかや幹の明るき白樺路

秋冷や穂高の稜線線書きで

嵯峨菊の糸の縺れを日がほぐす

絵手紙の言葉が光る小六月

落し蓋ことことと揺れる寒の入

指の傷日に翳しみる冬の午後

天神の裏の小径に藪柑子

針供養若き宮司の白袴

食細き夫の朝餉に紫蘇の香を

夫の背に齢を見たり著莪の花

全身で泣く子笑ふ子風薫る

葉の陰にひしめき合うて実梅かな

紫陽花の縹色なる妣の色

関八州足並揃へ梅雨に入る

矢倉口海芋の白さ際立てり

よく笑ふ江戸風鈴を買ひにけり

夾竹桃だけが鮮やか敗戦日

衣被いつか身につく妣の癖
吾亦紅喜寿過ぎたれど些事多し

黒葡萄白磁に盛りぬ齢ほど

遅咲きの夕顔一つ闇に大

どの顔も秀作ばかり文化祭

靴底に音の生れし落葉道

針供養読経の響き天神杜

二〇〇七年——二〇一〇年

あじろの海

二〇〇七年

漁火の瞬く海や冬の伊豆

料峭の露地に夏柑輝きぬ

一万歩なりたる川辺花含む

病得し友との一会春の星

富岡製糸場

日の本の夜明支へし繭の里

信濃路や夕日の崖にからすうり

軽井沢

腐葉土の靴底伝ふ初夏の森
若葉雨命緑に染まります

江ノ島岩屋

龍神の声の谺す梅雨の祠

遠き日の一言を悔い沙羅の花

赤レンガ倉庫を包む雲の峰

六本木ビルの谷間に赤蜻蛉

大枝を剪ればば北風まつしぐら

一年の轍の沈み年惜しむ

語りたき友みな病めり木守柿

寒肥入れ庭木に沙汰を問ひにけり

園庭に転がる声や春の風

春の雪青菜の上を化粧せり

二〇〇八年

また届く友の訃報や枇杷の花

歩くこと課して守れず冬の蝶

離れ住む孫の面々御慶かな

外国の人も手合はせ初詣

物の芽の緑に老いの眼を絞る

蕗の芽に笑顔もらひし車椅子

梅東風や庭は花弁鮫小紋

琴の音と花戯れて風に舞ふ

日を浴びて白糸の滝若葉色
紫陽花に一声かけて句会行

三保の松原

夏河原風の形に松老いぬ

齢古るや時疾く過ぐる矢車草

歯切れよき言葉ありけり鉄線花

朝刊のバイク青年今朝の秋

五十年過ぎし妻の座菊膾

夕顔の咲きつぐ庭や昏れゐたり

四姉妹木の葉時雨の中に立ち
宮殿を囲む紅葉綾錦

大過なく生きて朱塗の屠蘇の盃

妣ありし上州の冬憶ひけり

種を蒔く土の睡りを醒ましつつ
夕桜背筋をしやんと老二人

散る桜讃美歌の中義兄召さる

園児バス通りし後や青葉風

夏帽子赤レンガ倉庫に吸ひ込まれ

二〇〇九年

同胞の集ひし寺や夏椿

麦秋の空にはばたく鳶一羽

退院の夫と見上ぐる秋の空

街中に秋めく風を掬ひけり

野分立つ眠れぬ夜の時計音

甲羅干し亀の親子や水の秋

焼かれても香りの立てる野紺菊

ストレスも生きてる証冬の月

歌留多取り読み手はいつも妣でした

二〇一〇年

凜として震へも知らず冬薔薇

路地裏に寒柝の音反響す

寒夕焼歩みつきたる我が家染め
もののめの触れたる五指の和らぎし

忙中の閑椿の落ちる刻を待つ

桜散る風に誘はれ句友逝く

乗り越えし日々を語らひ花仰ぐ

聖五月会を育てし句友墜つ

青葉梟声のみありて暮れ泥む

蕗を煮る若狭の里を偲びつつ

天の声聞かんと海芋苞広げ

四姉妹姓を異にし墓洗ふ

夕顔の開くを待ちて厨ごと

外つ国の孫子や如何に夏の月

少年に屈折多しゴーヤ棚

十薬のいつしか増えて八十路なる

二〇一一年——二〇一四年

二〇一一年

牛膝《ゐのこづち》しばしば道づれ風立ちぬ

一画を確かむる辞書秋澄めり

義経の隠れし祠能登の秋

北海道の旅

秋灯道ある限り人の住む

会ひたくて会へなくなつて彼岸花

絵手紙に言の葉一つ小六月

病む夫へ一言を悔い林檎むく

括られてコスモス風を忘れけり

天命に尚余白あり寒椿

永らへて初日を仰ぐ余生かな

二〇一二年

捨てられるものは捨てたり榠樝の実

如月の語感好みて文綴る

梅東風や軽き会釈のウォーキング

由比ヶ浜素足を誘ふ卯波くる

若葉風ナースの背筋ぴんと伸び

一句抜き一句を戻す梅雨ごもり

知らぬ街知らぬ家並藤の花

日盛りの公園墓地に鳶一羽

鰯雲女の仕事の絶え間なし

糸くづの肌に張りつく秋暑かな

夕空に烟れる芽吹きの大欅

耳遠くなりて聞こゆる秋の声

引き売りの荷に散りかかる金木犀

風吹けば風に呟く老の秋

福耳を一つかくして冬帽子

日の籠る七草粥を愛でにけり

水温む膝の抜けたるズボンの子

百人一首老いてすらすら恋のうた

若葉風老老介護今日も無事

桜餅買うて逝きたる子に供ふ

矍鑠もぎくしやくも行く桜狩

老母と見し桜に勝る桜なし

青葉梟鳴く里山に夫と居て

草若葉熟女となれず老すすむ

脇役で通す生涯かすみ草

紫陽花の雨滴の如き妣の声

五輪終へ月下美人の五つ咲く

風鈴の短冊替へて風変る

遠き日の考《ちち》の足音昼寝覚め

泰山木高きにありて香を知らず

二〇一三年

帚草夕日の色をもらひけり

一途なる汗の輝く子の神輿

秋の月老いて初めてみえるもの
吾亦紅活けて独りのティータイム

想ひ出の径はまつすぐ野菊晴

人の名を思ひ出せずに夜長かな

下総の干芋届く四温晴

啓蟄や地震に埋れし人悼む

松籟を耳に雪踏む不破の関

時雨るるや繰り返し読む師の句集

水仙の香に充たされし古座敷

能登の浜夕日に染まる桜貝

蛍袋花の俯く一日かな

馬鈴薯の花うす紫に妣の影

早逝の人皆やさし春の雲

病む夫に柔らかく炊く豆御飯

蚕豆や四人姉妹は下脹れ

病葉の人には言へぬ胸のうち

再会やふるれば揺れる吾亦紅
首すはらぬ稚児秋の空眺めゐし

野分晴一筆書きの雲浮ぶ

くくられて風の重たき帚草

二〇一四年

草笛を吹けぬままなり古稀をすぐ

沈丁の香に包まれて立ち話

梅雨晴や父母と話しに墓へ行く

目を病みて空の色恋ふ梅雨晴間

初めての浴衣に通す小さき手

あるがまま生かされてゐる秋深し

皆我を追ひ越して行く秋の暮

松籟の一人に吹くや海の上

闘病の夫に生かされ去年今年

背を押され寒風と乗る終電車

夕暮は早きかげりや秋桜

何もかも欠けたる郷に花八つ手

想ひ出

転校の早や子のなれて冬苺

能登の旅

単線の旅の果てなり能登時雨

舞鶴港

時雨るるや港に古りし倉庫群

凩や歳月友をへらしゆく

二〇一五年

二〇一五年

一人居に夜の凩増すばかり

コスモスの囁きかけに去り難く

日々生きて日々生かされて秋惜しむ

木犀の香れば思ふ夫の事

水を買ふ暮しに馴れて文化の日

江戸と上方それぞれの香や桜餅

飛び上がり際に争ひ寒鴉

空見上げ朧月夜を口ずさむ

草餅や母に背きしこと多し

渋柿の鳥呼ぶ色となりにけり

ふみしめる落葉に身体の癒えおぼゆ

花吹雪病窓揺れる夫の影

肩抱くだけの介護や枯野中

病む夫の笑顔求めて面会に

鶯や病院からの帰り道

散る桜米寿のやすらぎ夫は逝く

生きる意味探してをりぬ白十薬
明日の為痛みに耐へてリハビリを

五月晴病棟内はしめりがち
初日の出婆に一縷の光るもの

独居にも馴染みし日々や沙羅の花

学友の消息知れず枇杷の花

枯野バス素描の如き山路縫ふ

黒松の走り根凜と寒に入る

妣と同じ病となりぬ白十薬

観音へまはり道する四温かな

シーバスに一足遅れ春の風

シーバスと手を振り合へる初夏の海

公園を抜ける近路犬ふぐり

馬車道のガス灯にふる落葉風

絵タイルの上に落葉の色あまた

母子像に夕日の届く落葉道

まつ白な鷺一羽行く夏の果

白木蓮はらりと闇を深めたり

信濃路や夕日の崖にからすうり

人生の放課後となり竹の春

生かされて手つなぐ介護秋の風

誰彼に文の書きたき十三夜

今一度好みの菊の前に立ち
掃き寄せて再び匂ふ菊の塵

天花粉子育ての日々あざやかに

大塚の春の遺蹟を歩きけり

コスモスの品種のふえて波の色

道標の朽ちし歳月萩の紅

庭の樹々ひそひそ話冬に入る

明け易し夢に呼ばるる亡夫の声

萩の花零れて染まる石畳

回診の白衣の衿に赤い羽根

ことさらに音のひそやか夜の落葉

馬車道の絵タイル覆ふ落葉かな

山茶花の葉の見えぬ程咲きにけり
落葉ふむ音も十色に山の道

落葉ふむ音の広がる庵の家
踏みしめる落葉に癒えし力わく

試歩の道冬日の瘤にふれてみる

痛む身の置きどころなく冬に入る

山間の日暮早めて秋は行く

虫干の母の匂ひを抱きしめる

ひよどりの戻るを待ちて老いにけり

上州の風が頼りの懸大根

雑草の中の露草風深し

あとがき

平成十四年三月、柴﨑左田男先生の、横浜市南区俳句教室へ入り俳句を始めました。

柴﨑先生のもと、「木曜俳句会」が発足し、以後十余年、よき師、よき句友に恵まれ、貴重な俳句活動をすることが出来ました。

その後、夫の認知症がすすみ、介護ホーム生活となりました。そして二〇一五年四月に、夫が静かに他界いたしました。

悲しみが癒えぬ間に、私が、大腿骨折し、入院手術となりました。六ヶ月後、やっと自宅に帰ってまいりました。今も一日中、ヘルパーに見守られ生活しております。その上、加齢黄斑変性となり、失明の不安の毎日です。

年齢もはや、八十路半ばとなりました。
文才のない老婆の日常生活を活字に残せればと思い至った次第です。

平成二十八年七月吉日

宮寺妙子

著者略歴

宮寺妙子　みやでら・たえこ

昭和 4 年 8 月 27 日生れ

平成 14 年　俳句教室で俳句を始める

平成 15 年　「紫陽花」入会

平成 20 年　「紫陽花」同人

現住所　〒232-0063　神奈川県横浜市南区中里 2-10-16

句集 夕顔　ゆうがお

発　行●平成二十八年九月十日
著　者●宮寺妙子
発行人●西井洋子
発行所●株式会社東京四季出版
〒189-0013 東京都東村山市栄町二―二二―二八
電　話　〇四二―三九九―二一八〇
ＦＡＸ　〇四二―三九九―二一八一
shikibook@tokyoshiki.co.jp
http://www.tokyoshiki.co.jp/

印刷・製本●株式会社シナノ

定　価●本体二〇〇〇円＋税

ISBN978–4–8129–0893–8